ヴィンセントの窓辺

都築　直美

目次

カバー絵(表) 童海
カバー絵(裏) マリアの海

都築直美・画

ヴィンセントの窓辺

ねずたちの入隊

夜更けて
ねず達が
別れの挨拶にやってきた

皆、昨夜のうちに支給された
という迷彩柄の軍服を着ていた
「どうしたんだ!!　その格好!!」
驚き問う僕に
「皆、入隊する事になりました」
「守るべきものがありますから」
と、言う

「おかしいだろ？」
この間生まれたチビ鼠たちさえ
迷彩を着せられている
しかも小さな軍服の胸には
勲章が付いている
5歳未満での出陣志願者には
はなっから勲章が与えられる
らしい
「畜生!!　前線に出して盾にするつもりだな」
怒りで顔が熱くなって来た

目を凝らして、よくよく見ると
大人のねず達の軍服の右ポケットには《卐》の刺繍
左ポケットには《チェ・ゲバラ》

額には《神風》の鉢巻
一体どこの国の軍隊なんだ？

ねずの一匹が言う
「もし命あって帰れたら、電報を
打ちますから馬喰町まで迎えに
来てくれますか？」

「当たり前だろ」
聞こえたのだろうか
ねず達はくるりと背中を向けて
行進を始めた

涙が出てきた
「行かないでくれ‼」

「お願いだからーっ!!」

僕は力の限り叫び
泣いた

ねず達の去った道は
暗く深く
うねり
うねりし
まるで…僕と違う次元へと彼らが
吸い込まれてしまったかの
ようで…
今度は声を出さずに
泣いた

しばらく眠りに落ちていたのか？
ベッドの上
屋根裏で微かな音

よじ登ってみたら
秘密の通路の手前には
黴りかけのフランスパンと
少し硬くなったチーズの欠片

ねず達の　寝息

入隊…しなかったんだね

鰯《いわし》のエチュード

削られて
削られて
粉になったはずの彼が
今日波間で泳いでいる
そんな奇跡

涼しい顔して
海でワルツを踊る
男だから
スカートは履いてない
だけど

ヒラヒラ
背びれ　揺らして

軽快に
柔らかなリズムに乗って

波　波
新しい波に体あずけ
呼吸を合わせ
踊るよ
踊る

それは　生きること
それは　生きること

本日

そうして　そうだ
いつものお決まりのコース
タガが外れた
おいらんが
長襦袢すがたで
逃げてくよ

それは　末期的な路地裏
猫も好まない
有刺鉄線が張られたこの
垣根の塀の上に置いてある

腐れた哀しみと言うやつだよ

「嫌だなぁ
頂けないねぇ」
でも頂くしかないね
運命論者じゃ無いけれど
そりゃあんた
暗黒街の決め事だもん

いらんけど
茶碗一杯の白湯で
飲み込んださ

だけど
吐きっぽくてね

すごく
吐きっぽくてね
すっぱいのが
そぞろに上がってくるしね

胃潰瘍の漱石よろしく
しかめっ面しながら
「詩でも書こうか」
なぁんて
机に向かえば

机も泣き笑いの
ホトトギス

芳助の頭

俺は
俺の頭をずいぶん長い間探している
味噌無しならば
昨年末に露店でおっさんが
戸板にのせて
安価で売っていた
「兄さんどうだい？
市価の半値だぜ」
と言うが
いやいや
流石に味噌は欲しい所だ

第一にこの寒空に
空洞の頭じゃあ尚寒かろう

耳なし芳一ならぬ
頭なし芳助なんぞは
絵にもならない
先だっても
歩いていたら
いきなり、通りの子供たちに
馬鹿にされ囃し立てられた

「やいやーい
脳なし芳助
クルクルパー」

「阿呆《あほう》の芳助
死んじまえ‼」
子供はむごいねぇ
忖度無しだからねぇ
お構いなしだ

まぁ
慣れっこだけれどね
たいがい
子供の頃から
やられてたクチだからね

やさぐれてる場合じゃねぇ
ぐだぐだ言ってる間に
年が明けちまった

今年こそは　と
具なしの雑煮すすって
草履をはく

そうだ!!
頭を手に入れた時の為に
洒落た帽子でも
買って行こう

妙に…心浮きたって
歩調がはやくなる

帰宅

とぼとぼと
家路につくと
軒先では
うらぶれた感情が
つららの様にぶら下がっていた

「ミノムシみたいだと
愛らしいのにねぇ」
と言いつつ

ぼくはそれらを

ちぎっては投げ
ちぎっては投げしてみた

つららは
投げられる度
「ひゃあー」と鳴いた

その
甲高い
「ひゃあー」が
空に何個も
吸い込まれていくので

ぼくは
楽しくなって

すごく
楽しくなって

いつか…
海のように優しく
祈っていた

きず

洗濯物が　幽霊のように
踊っている生暖かい夜
生きていよか
死んでしまおか
ぱきりぱきり
せんべいかじりながら
思案していたのです

颪　強くて目が痛い
颪　強くて心が痛い

誰も彼もが
話しかけても答えない
こんな虚ろな
空の下
確かなのは
僕が裸ん坊だと
言う事だけです

くわん
くわんと笑うのは
誰ですか？

僕の背中にウロコ状の傷
それはあの娘が切ったのさ
ざらざらと鈍《にび》色に輝くそれは

夜店に売るにはふさわしい

二足三文の
駄菓子と一緒にね

僕の傷は　旨かろか
僕の傷は　不味かろか

味わうがよろし
味わうがよろし

道化師のそなたよ

杏仁豆腐

こんな
ぶざまな日々が
アートだと言う

本当かい？

今日の作品の題名は
「常軌を逸するほどの
アシメトリーな顔面と
湾曲した
背骨」

雑多な布地の
パッチワークされた
コート着て
時として
上機嫌

だけれども…

剥がれる
剥がれる
剥がされていく
この日常から
からだから
こころが

だから…
せめて
死ぬるまえに

牛乳のたっぷり
入った
杏仁豆腐を
たらふく
食いたいと思う

らんちう

深夜に始まる
幻想縁日では
青テントの下
「カルマ」の
水飴が売られているが
母さんに貰った
百五十円で
私はそれを買わない

ひゅー
ひゅー

と笛の音が聞こえてくれば
狐も狸も踊り出す

下駄の鼻緒が切れたから
足がもつれて
踊れない
(あんなにきつく結んでおいたのに)

切れた鼻緒は
血よりも赤い

赤い
綺麗な
お花になって
つま先を染めるよ

出鱈目《でたらめ》に
踊っていたら
何処からともなく拍手喝さい

楽しいな
嬉しいな
ありがとう
ありがとう

ひゅー
ひゅー
どんどん
ひゅー
どんどん

金魚すくいは
みな　蘭鋳《らんちう》
ぼこぼこ頭は
あの人に似ている
哀しい目玉も
あの人に似ている

目玉だけ掬《すく》って
帰ろう
家の玄関で
空の水槽が
待っているから

昏

夜の帳《とばり》と孤独は
親戚関係だから

ほら…こころが
しん　と冷えてきた

ああ!!
手の込んだ
絶望の夜だよ

夜の君よ

道化師の様な
真っ赤な唇で
笑い続けるのは
もう
やめておくれ

俯瞰《ふかん》
俯瞰
ある時には
やかん　より重く
僕を支配する
第三の眼《まなこ》

魂の故郷が
恋しくってねぇ

一度は帰省せねばねぇ

12月…

密かに
離人し
もう一人の僕は

未明に
飛翔する

Birth

雨あがり
トリートメント
された様な
ストリートで
僕が昨日死産したはずの
黄色い赤ちゃん達が
泣いているよ

乳が欲しいよ
お父さん
乳が出ないよ

お父さん

ごめんね
僕は育児が下手なんだ
ごめんね
赤いお乳なら
たんと出る

ああ　そうだ
時速80キロ出ると言う
あの乳母車手に入れ
あやせば
泣き止むだろうか
それは聖ユーストアに
売ってるはずだ

買いにいこ
買いにいこ
聖なるストアの
開店は深夜三時

行かなくちゃ
行かなくちゃ
タイムセール
は三時半から

鼓膜が痛いよ
ベイビーたち
泣き止んでおくれ
いとし児たち

鰯のシッポを
騒ぐ口に咥えさせ
月の無い
空見上げれば

通常より
青ざめて
シニカル

君は

君は
ゾンビがお父さんで
マリオネットがお母さん

変な動きして
変な話し方して
僕を笑わせる

でも　僕は知ってる
夕暮れどき
一人

泣いて　いたよね

そして…見たんだ
その涙が
血で滲んでいたのを

涙と血で
綺麗なマーブリング

覆った両の手を
滴り
濡らすよ

心が　震えるのならば
君に似合う

ストールを
あげよう

それは、うまく纏《まと》えば
翼にもなるストール

空が白む前に
あの丘で
待ち合わせしよう

今度こそ
うまく　飛べるから

梟《ふくろう》の夜

その暗がりは
しん　と
冷えている
相変わらず
そこの主人を気取る
男は神経症の
老人の様に
上目遣いだ

ほころびた前かけで
手をふきながら

「ようこそ」と
急ごしらえの
笑みを　くばる

卑屈さは
伝染するらしい
深夜のその洞窟に
集う鳥たちの眼《まなこ》は
それぞれに
虚ろで
どこかしら自信無さげだ

洞窟の門番の
鬱病の猫は
任務だとばかりに

「にゃあ」
力まかせに
鳴いた

示し合わせたように
銅鑼《ドラ》が鳴ると
その夜の
「ショウ」の
始まりだ

まずはメインである主人ご自慢の
「暗黒のポェジー」
の長い朗読
続く…飛び入りである

鳥たちの朗読
まなこには
ほんのり自信が蘇り
みな　一様に
上ずった声を
響かせている

その声が　月夜の
空に吸い込まれて
行くのを

梟《ふくろう》は
向かいの
屋根の上から
静かに　聞いている

鳴り響く

偽善漏れ警報器は
鳴り続けているのに
誰が止めるの
その部屋に　そのガスが
充満するその前に

これが悪魔のエンディングなのか？

その醜悪さ
掌握しても
為す術なしなら

投げとけよ
その辺の野っ原によ

苦しかろ
おめぇもよ
悪魔に魂ごと
乗っ取られてんだもんな

屈辱のシール
全身にペタペタ貼って
なにやってるんだよ
剥がせよ
皮膚と同化する前に

October

君よ
その世界はぜんぶ
目玉で構成されているね
しかもその目玉は
全て盲《めし》いている

剥離を起こした
目玉の羅列
それはモチーフの様に
ランダムに散乱し始め
一瞬　芸術の匂いを

嗅がせるが
よく見ると
ただの奇形のガラクタに
過ぎない

何も見えない
何も映らないその網膜に
取り憑いているのは
間違いなく
活性化した蛆虫だ

（蛆虫たちにも
閉じられた眼が
あるらしい
そして…一様に涙を

流しているのが
ここからも見える）

それでもまだ
君は
ミラクルを信じている
天から降る
ミラクルの雨を
信じている

僕は問う

君はいつか
盲目の眼で
バベルの塔を

建てるだろうか
その砂の地に

それでも

怒れるモンスターを
無力化する為に
狂気の樹液を吸いださねばと
白眼を剥いたお前に
口づけするフリをしたのさ

暴れるなよ
あんなに白く輝いてみえた
翼は既に茶色く変色
してるじゃないか

正義の仮面の下
皮膚は爛れ
膿んでいるから
その腐臭に彼らも
蜘蛛の子散らすように
逃げて行ったね

感情が破壊され
人格も破壊され
残るは
散々の残骸

それでも今宵
卑屈に
引きつった

ヒクつく
臓物片は
キュー　キューと
泣くのですか？

十月の終わりの血ばしるべ

掘削機の中から
頭半分出して
君は白眼を剥いている
それじゃあ
断末魔の
形相じゃないか

ぼくは
何事も無かった様に
重機の上で
あぐらかいて

煙草を吸うとしよう

深く吸い込んで
はいて
又深く吸い込んで
はいて

ロングピースは
いつもより美味い

こんな修羅世界が
現実だなんて
とても…
思えやしない
まるで

ヤバイ映画みたい
（君の腹からは
血液が滴る）

ほら　出血多量で
気が遠くなる
つらすぎて
君は笑い始めた

ぴちゃん
ぴちゃん
雨の音

ぴちゃん
ぴちゃん

晩秋の
赤い　雨の音

ヒポクリット

本物より
美味しそうに作られた
樹脂で出来たオムライス

さぁどうぞ‼
世界一の笑みで
君はおもてなし

可哀相な君は
いつからか
人間の心を捨てて

しまった

君はそれを拾えない
拾いたくても
腕も手も無いからだ

天罰が下る日が
近づいて来たよ

月は悲しくて
しようがないと嘆くが…
カウントダウンの
時計の針は
止められない

爛れた所有欲
ぶら下げてるから
ほら
君の顔も蝋人形みたいに
溶けてきたよ

ブラックホールより
暗く深く
激しいうねりの中に
君が吸い込まれる日

君の断末魔の叫びは
１００万光年先まで
聞こえるだろうか

黒い帽子

君は
ロジックという名の帽子を
深々とかぶり
影となった眼で
僕を見る

僕は思った
人一人愛せれば
君は屍の様にならず
済んだのに

僕は
青く　青く
静脈の浮き立った
君の手に　口づける

いつか…
君の頬が薔薇色に
なれば　良いな

ビルケナウ

生きていたね
お父さん
笑っていたよね
お母さん

姉さんもいる
僕もいる
皆んな
メリーゴウランドに乗って
手を振っている

ツィクロンBの充満する
ガス室の重たい扉は
開かないから

僕は　本当に
苦しかったんだ

だから…生まれ変わっても
何度も
何度も
呼吸困難になる

だから
幸いの最中《さなか》でも

僕は身体を
こんなにも
硬くしてしまうんだ

ああ　今も
美味しい食卓を囲む
この瞬間も
あちらこちらで

赤い
赤い
血の　雨が降る

その雨音で
今夜も　僕は眠れない

ミハラチョウ　サンガツノ　憂鬱ナド

古ぼけたハイツの
左角から覗いた
ぶち猫の眼が　光る

あくまでも…
これは序曲として

シニカルな物言いを
得意とする彼は
「伝説の占い師」からの
伝言を持っていた

「ヘタバルナ　東へ行け」…と

ああ!!
そうだね

入門したての軽業師の様に
縮こまっていたもの

リュックには「ビスケット」と
少しばかりの「苦悩」を
擦り切れたズックに足を入れ
勢いよく木戸を開ければ
溢れんばかりの　朝の陽《ひ》

「ボクハモウ…フルエテハイナイ」

ニャー

おまえは
隣の家の塀を越えて
やってくる

お腹が空いたよ
ニャー
寒いよ
ニャー
大好きだよ
ニャー

いつも猫語しか話さないから
ぼくは時々わからない

もう12年の長い付き合いなのに
おまえを抱いて眠ったことは
ただの一度だってない
それを夢みていたのに…ね

日照りの日も
現れて
ぽりぽり
ぽりぽり
餌を食べ

雪の日は

庭に設えた
段ボールハウスで
アンモナイトみたいに
丸まって眠ったね
ニャー
ニャー
愛らしい声
ぼくの　恋人

あの日もぼくは
分からなかった

塀を必死にジャンプして
向こうがわへと
降りるとき

振り向き一回
ニャーと　ないた

あの
「さようなら」の
言葉さえ

手紙

シャガールよ
ビテブスクの空は
晴れているか
ここミハラの地は
今日　クラウディ

だが
ぼくは　歩くだろう
散歩じゃないよ
確かな意思の
一歩

また　一歩

蚤の市に行って
ダニーに
やられた午後にも
満身創痍に
ボロ靴履いて
歩いていたじゃないか

笑わないで
ぼくの身体は
ダニーの
おかげで
水玉なんだ

大丈夫
心はシャボン玉のように
軽いんだ
明日の空を
予測してるからね

そして
鳥打帽をかぶった君と
そこで会えたら
ぼくはとっておきの
ウインクをする

それは
ちょっとした
愛だ

12月の音

ゴキブリの赤ん坊
一目散に逃げていく
黒胡麻かとおもったよ　君たち
小さいのに
足が速いね
見事だね
走りがね

母さんのとこに
帰るのかい？

世界はね
心の臓突き破るほどに
バクバクだよ
クレイジーでね
赤と黄色が多い
ああ!!
ものすごい　極彩色だ

だから目が痛い
昨日から
いや
実は…もっと前から

抗生物質が大事なん?
ならば目薬

強いやつ
点《さ》してたら
猫が笑う
「わらわないで」
猫たち
なけなしの自尊心
粉の様に散り
雪になって降るから
僕は厳粛な気持ちになって

ただただ
空見上げて
僕自身の
12月の音を　聞く

さらし首

一月の野っ原に
野武士のがん首が五つ
ずらりと並んでいる

左から三番めのは
ひょっとしたら
俺じゃないのか？
恐る恐る近づいてみたら
やはり俺だった

何て事だ

いつから
晒されているんだ？

少し気持ち悪かったが
俺はかつての俺自身の成れの果てに
顔を近づけてみた
カサカサの唇
半開きの目
当然ながら顔色は無い
いかにも死体だ

他のやつらも同様
髷を落とされたざんばら髪が
時おり風にたなびいている
艶のないごわごわの髪

お世辞にも美しいとは言えない

新年早々、己れのがん首と
対面とは…幸先《さいさき》わるい

何があったか知らないが
痛かっただろうなぁ
がん首よ

妙な自己愛と
やるせなさに
その頭を撫でさする

その時
唇の端が微かに動き

ニヤリとするのを
俺は見逃さなかった

テルちゃんの枕

テルちゃんの汗の
染みついた枕に
ハンケチに
人生に乾杯

テルちゃんの首
テルちゃんの心臓
テルちゃんの生殖器
それから
それから
テルちゃんの美しき

数パーセントの哀しみに

テルちゃんの汗の
恩恵を頂きたく
貰った炭入り枕に
頭蓋骨のせ
今宵素敵な夢をみよう

みるみるうちに
僕の人生が変わる

ねぇこれ
分配の法則?
有り難き
博愛?

ダンケだよ
テルちゃん

脳天から　爪先まで
薔薇色に染まって
シャガールの絵のよに
空を飛ぶ

それは夢だけど
それは夢じゃない

ありがとう
今宵は
水星と

添い寝するよ

やられた

速攻で
人は人を値踏みし
ジャッジした

切り刻まれ
笊《ザル》に盛られた
僕の肉片よ

僕は
ミートセンターには行かないよ
帰り道くらい

覚えているさ

早く帰って
万年床で　眠りたい

猫に食べられないように
猫を抱いてね

お肉になっても
彼らは
僕だと分かるらしい
僕の匂いがするからね
愛おしそうに
ペロペロと
舐めてくれる

ごめんね
今日の僕は
何もしてあげられない

再生できたら
又踊ろう
タンゴでも
ワルツでも

月夜の晩に
きっと…だよ

帰ろう

うらぶれてる
斜めってる
すべてがね

さんざんに
取り散らかった
小屋に帰るだけ

其処《そこ》のほか
行く所なんかないさ
早く帰って

猫の肉球でも
しゃぶって
おやすみ

歯も痛む
心も痛む
午前0時
生ぬるい風が吹く
木の葉ゆれ
洗濯物ゆれて
幽霊みたい

ねぇ…
母さん
空に上ったきり

降りちゃあ来ない
逢いたいなぁ…
頬のしみ
皺くちゃの手
毛糸の帽子
汗の匂いしみついた
毛糸の帽子…

毛糸の帽子…

夢子が迎えに
来たから
もう…行くよ

出発

ぼくは猫に聞いた
「一緒に行くかい？」
2匹同時に頷いた
もちろん…だとも

真夜中の空は蒼く深い
駅まではゆっくり歩いても8分で着く

空が白む前の
3時40分発
航空公園駅前ターミナル

で待つ
「アルクトゥルス行き」

乗船者は
ぼちぼち集まっていた
皆、一様に光る金属製のチケットを
首元から下げていた
グレイよりも穏やかな瞳の
宇宙人から、おもむろに渡された
ぼくの分のそれは
象形文字の様なものが
刻印されていた

多分猫たちとぼくの名前だろう
頬にあててみたら冷んやり冷たかった

メダリストを真似て
噛んでみたくなったが
辞めておいた
歯が折れそうだったから

2匹にとっては初めての遠出
少し神妙な顔をしていた
周りにぐるりと目をやると
席は7割くらいの埋まり具合だろうか
隣り合った客と話をする者や
うつらうつらする者
自宅から拵《こしら》えて来たおにぎりをほおばる者
まちまちだ

「そろそろ出発します」

アナウンスが流れる
シュッシュッギューン
思っていたより静かに
宇宙船が上昇し始めた時
1匹が「ニャオーン」
と小さく鳴いた

窓の外をのぞくと
町が小さくなって行く

「さようなら」
雑然としたまんまのぼくの部屋
大好きだったメタセコイアの木
愛しい友だち

ぼくらはチケットが
往復では無い事を知っていた

水晶の枕で眠る少年

パチンと音がして
君の中で
アンバランスが　弾けた

君は　誤解する　全てを
君は　誤解される　全てから

肯定と否定が
マーブリングして
奇妙な形に　ねじ曲がりながら
空気中を上昇していくのが

見える

日々は痛く心に　突き刺さり
その棘は
容易には
抜けない

方便も　いたわりも知らない
白く細い指が
鍵盤をたたく時

その旋律は
誰かを眠らせる
子守歌と
なり得るだろうか

森は　物言わず
闇夜が
深く　深く　いざなうのならば

せめて…君だけでも眠れ
その透明で
冷ややかな

枕で

ヴィンセントの窓辺

黄色い家の窓ガラスは
今日も雨にけむり
待ち人である
彼の友は来ない

新しいベッド
新しいシーツと枕
語り合う為のテーブルと椅子
「これで準備は出来た」
と安堵する
それはけっして

性格が良いとは言えない
その男の裏腹な善良さ

彼は本当は知っている
全ての始まりは
終わりを含んでいることを

アルルの強い日差しの下
母の呼ぶ声がする
振り向くが
母はいない
遠く住む彼女の
幻影と暮らす日々

ああ!!

母さん
僕はろくでも無い息子だねぇ
嘆き悲しむが
涙は流れない
その強い日差しが渇かしてしまったから
耳の傷も今は痛まない
心の痛みがそれを追い越して
しまったから

ヴィンセントは歩く
背中にはキャンバス、イーゼル、
ちびた絵の具

残った金をかき集め
女を抱く

女の安いコロンと
汗の匂い
あるいはこれが…生存の香り
獣の様に猛り狂い
だが…切に浄化を願い
彼は目を閉じる
いつか辿り着けるはずの
果ての果てを夢みて
果てる

ヴィンセント
ヴィンセント
呼ぶ声がする
声に向かって一心に歩く

背中にはもう
キャンバスもイーゼルも
背負ってはいない

ヴィンセント・ヴァン・ゴッホの魂に捧ぐ

あとがき

思えば、断崖絶壁の上で天から槍が降り注ぐような暮らしの中でも、時に、口笛吹きながら生きながらえて来られたのは、悲観と楽観が同居し諍い続けて止まない、混沌とした自身の多面性のおかげかも知れません。

この作品集は、そのような私という多面体の哀しみや怒りや笑い、喜び、祈り…様々な想いが織り込まれ、結果として予想もしなかった「何か」が生まれたように思います。

さっきから猫たちは、膝の上で時おりあくびをしています。
とんとん…赤ん坊にするように優しくたたいていると、いつの間にか眠ってしまったようです。
時々ピクッと動くヒゲも、桃色の鼻先もたまらなく愛おしい。

何度でも言いたいのです。

「一緒に居てくれてありがとう」と。

詩集を完成させるにあたり、松岡慶一様、七月堂の知念明子様、スタッフの皆様にたいへんお世話になりました。心よりお礼を申し上げたいと思います。

本当にありがとうございました。

二〇二三年　春

都築直美

都築直美（つづきなおみ）
北九州市小倉区に生まれる
15歳の時独立し一人暮らしを始める
中央美術学園（絵画科）卒
インターナショナルアートクラブ展、新人賞
蒼騎展、新人賞
一陽展、奨励賞
二〇一七年～二〇二〇年　草壁焔太氏主宰『五行歌の会』参加
現在埼玉県所沢市在住

ヴィンセントの窓辺

二〇二三年四月十五日　発行

著　者　都築　直美

発行者　知念　明子
発行所　七　月　堂
〒一五四―〇〇二一　東京都世田谷区豪徳寺一―二―七
電話　〇三―六八〇四―四七八八
FAX　〇三―六八〇四―四七八七
装幀者　松浦　豪
印刷・製本所　渋谷文泉閣

ISBN 978-4-87944-525-4 C0092